La bibliothécaire

FichesdeLecture.com

LA BIBLIOTHÉCAIRE (FICHE DE LECTURE)   4

I. INTRODUCTION

L'auteur

L'œuvre

II. RÉSUMÉ DE L'ŒUVRE

III. ÉTUDE DES PERSONNAGES

Guillaume

Ida

Doudou

IV. AXES DE LECTURE

Le goût de lire

La dimension fantastique

Un travail de mémoire

DANS LA MÊME COLLECTION EN NUMÉRIQUE   10

À PROPOS DE LA COLLECTION   13

La bibliothécaire
(Fiche de lecture)

I. INTRODUCTION

L'auteur

Anne Duguël, dite Gudule, naît à Bruxelles en 1945. Dès ses 12 ans, elle se passionne pour la lecture et l'écriture. Elle suit des études d'arts déco puis devient journaliste au Moyen-Orient. Elle revient en Europe et se tourne vers l'écriture. Gudule a également voyagé en Amérique du Sud et aux Antilles.

Dans ces récits pour la jeunesse, elle met en scène de façon légère et drôle divers sujets d'actualité. Elle vit aujourd'hui de sa plume et a déjà écrit 113 romans pour enfants et 17 pour adulte.

L'œuvre

« La bibliothécaire » est publié en 1995, il s'agit d'un récit fantastique dans lequel l'auteur nous plonge au cœur d'autres classiques comme « Les Misérables » ou encore « Le Petit Prince ». Ce livre a reçu plusieurs prix, dont le prix Chronos en 1996.

II. RÉSUMÉ DE L'ŒUVRE

Guillaume est un jeune collégien qui s'ennuie lors des cours de français, il n'aime pas lire et fait plein de fautes d'orthographe. Tous les soirs, il observe à travers sa fenêtre sa voisine. Il s'agit d'une vielle bibliothécaire qui écrit jusque très tard dans la nuit. Guillaume a remarqué qu'à chaque fois qu'elle éteint la lumière, une jeune fille mystérieuse portant des escarpins démodés sort de l'immeuble qu'il guette. Il en parle à son meilleur ami, Doudou.

À force d'assister à ce spectacle, un soir il décide de suivre la jeune fille. Sa filature l'emmène à la bibliothèque. La jeune fille lui confie qu'elle cherche un grimoire magique qui lui rendrait son talent d'écrivain mais ils sont surpris par le gardien. Ils courent ensemble à travers la ville et apprennent à se connaître, Guillaume admire ses longs cheveux et se délecte de son parfum désuet.

La jeune fille, Ida lui apprend qu'elle n'est autre que la vieille dame et l'ancienne bibliothécaire. Celle-ci a quatre-vingt-quatre ans. Chaque soir, en rédigeant ses mémoires, la vieille dame redonne vie à la jeune fille qu'elle était en 1926. Ils s'embrassent puis Ida disparaît.

Le lendemain, ni la vieille dame, ni la jeune fille se manifestent. Guillaume apprend que l'ancienne bibliothécaire est morte. Il dérobe alors le livre de ses mémoires pour tenter de faire revivre Ida. Tandis que Doudou pense qu'il devrait écrire pour la refaire vivre comme le faisait la vieille dame. Mais Guillaume, qui déteste les cours de français et ne lit que des bandes dessinées rédige un récit de sa rencontre avec Ida bourré de fautes d'orthographe et des phrases boiteuses.

C'est alors qu'apparaît une adolescente, Idda qui louche, s'exprime mal et dont les bras et les jambes sont inversés. Doudou, a lui aussi écrit l'histoire mais contrairement à son ami c'est un grand lecteur et rappeur. Surgit, ensuite Adi, une jeune fille noire comme lui, qui porte des Nike et danse. Guillaume comprend alors que s'il veut faire revivre Ida, il doit écrire une histoire sans fautes.

Les quatre compagnons partent à la recherche du grimoire à la bibliothèque. En ouvrant la couverture d'un livre, ils tombent sur des jardiniers qui sont des cartes à jouer et sur une Reine furieuse qui veut qu'on coupe la tête d'Idda. Puis Alice leur conseille de suivre un cochon. Ce dernier les reconduit dans la bibliothèque.

Ils se retrouvent avec Poil de Carotte, que Madame Lepic, leur professeur de français punit car il a des poux. Doudou, tente de l'aider en l'entraînant dans le poème de Rimbaud « Les Chercheuses de poux ».

Ils sont dérangés par le gardien de la bibliothèque, et assistent à la mort de Gavroche dans « Les Misérables ». Enfin Guillaume est ému face au Petit Prince dans le désert du Sahara. À la suite de toutes ces aventures, Idda comprend que le grimoire est un livre sans texte.

Guillaume par amour pour Ida, devient très assidu lors des cours de grammaire. Il utilise plus régulièrement le dictionnaire et améliore son orthographe. Il écrit finalement un texte clair et sans fautes, Idda redevient Ida.

III. ÉTUDE DES PERSONNAGES

Guillaume

C'est un élève de cinquième, qui s'ennuie lors des cours de français, il n'aime pas lire et fait plein de fautes d'orthographes. Il est curieux et rêveur. Tous les soirs, il observe sa voisine. Il s'agit d'une vielle bibliothécaire qui écrit jusque très tard dans la nuit. Guillaume a remarqué qu'à chaque fois qu'elle éteint la lumière, une jeune fille mystérieuse sort de l'immeuble qu'il guette. Il en parle à son meilleur ami, Doudou.

Une nuit il la suit et découvre son secret, elle est en réalité l'ancienne bibliothécaire qui rédige ses mémoires de jeune fille. Grâce à ce récit, elle revit. Guillaume tombe amoureux d'Ida et lorsqu'il apprend la mort de la vieille dame, sur les conseils de son meilleur ami rédige l'histoire de leur rencontre pour la refaire vivre.

Mais apparaît Idda, cette dernière louche, s'exprime mal et dont les bras et les jambes sont inversés. Guillaume veut alors trouver le grimoire magique pour pouvoir mieux écrire. À force d'aventure, il découvre et rencontre plusieurs héros de son âge issus des livres. Il apprend alors à aimer lire puis s'intéresse à l'écriture. De mauvais élève il devient brillant à la surprise de Madame Lepic. Par amour pour Ida, il écrit de mieux en mieux et finalement réécrit l'histoire de sa rencontre. Idda redevient Ida

Ida

C'est la veille bibliothécaire qui habite dans l'immeuble en face de chez Guillaume et qu'il espionne tous les soirs. Chaque soir elle rédige ses mémoires, elle en est à 1926, lorsqu'elle était jeune fille. Mais dès qu'elle éteint la lumière, Guillaume a remarqué qu'une jeune fille quitte ce même immeuble avec des chaussures démodées.

Elle se rend à la bibliothèque à la recherche d'un grimoire qui permet de devenir écrivain. Comme Guillaume l'a suivie, elle lui confie son secret, puis ils courent tous les deux à travers la nuit. Ils s'embrassent mais le lendemain la vieille femme décède.

Ida revient à la vie dans un premier temps en tant qu'Idda mais elle bégaie et a un physique ingrat. Elle est ainsi, car Guillaume a écrit l'histoire de leur rencontre avec des fautes d'orthographe. Par amour pour elle, il devient assidu en français et réécrit leur rencontre et la fait revivre à la fin du roman.

Doudou

C'est le meilleur ami de Guillaume, il aime lire et le rap et rédige beaucoup mieux que son ami. Lorsqu'il écrit l'histoire de Guillaume et Ida, apparaît Adi, une jeune fille noire comme lui, qui porte des Nike et danse comme lui. Il a un véritable rôle d'adjuvant dans le récit puisqu'il guide son ami, lui est fidèle et l'aide à retrouver Ida et à améliorer son écriture.

IV. AXES DE LECTURE

Le goût de lire

L'auteur met en scène un jeune collégien qui n'aime pas lire et s'ennuie lors des cours de français, beaucoup de jeunes lecteurs peuvent s'identifier à Guillaume. Il va découvrir le plaisir de lire et la nécessité de bien écrire grâce à Ida, pour la faire revivre il doit rédiger un récit sans aucune faute d'orthographe. Il découvre la littérature en « rencontrant » des personnages célèbres et mythiques tels que Gavroche ou encore le Petit prince.

En les rencontrant, il prend goût à la lecture et comprend que l'écriture peut devenir un pouvoir extraordinaire. Avec ses amis il plonge au cœur des livres de la bibliothèque. Il y rencontre l'Alice de Lewis Caroll qui lui conseille de revenir au début du livre, puis il chasse les poux de Poil de carotte, d'Arthur Rimbaud. Chaque rencontre lui permet de raffermir son goût pour la lecture et l'écriture. Il se réconcilie avec le Français et les livres de façon ludique, puisqu'il vit les émotions des jeunes héros.

Il y a plusieurs points communs entre nos jeunes héros et les personnages littéraires de l'auteur. En effet le petit prince et Gavroche ont le même âge que Guillaume et Doudou, ils sont à la recherche de quelque chose et semblent ressentir des sentiments identiques.

C'est un véritable roman d'apprentissage, Guillaume à l'instar des héros-adolescents des récits cités par l'auteur doit passer plusieurs étapes. L'aventure de Guillaume et ses amis ne se réduit pas à une succession de péripéties afin d'atteindre un but extérieur, elle se finit sur la découverte de soi.

L'auteur donne envie de lire ou de relire ces classiques en rendant les personnages plus vivants et plus accessibles aux jeunes lecteurs. L'auteur nous donne le pouvoir de pénétrer dans les livres et donc de vivre pleinement les aventures. La bibliothèque devient un lieu où se déroulent des aventures fantastiques à travers la lecture.

La dimension fantastique

Le fantastique est un genre littéraire dans lequel il y a une intrusion du surnaturel dans le récit, l'apparition de faits inexpliqués et théoriquement inexplicables dans un contexte connu du lecteur.

Plusieurs éléments du récit nous renvoient au fantastique comme le grimoire qui est objet magique permettant de devenir écrivain. En réalité, Guillaume n'a pas besoin de ce livre, les ressources pour être un bon écrivain sont déjà en lui, il faut qu'il apprenne à les exploiter.

Puis il y a plusieurs personnages appartenant au monde fantastique comme la jeune Alice de Lewis Carroll. Mais c'est surtout les personnages d'Ida et Adi qui mettent l'accent sur l'aspect fantastique de l'œuvre, celles-ci ont été créées par deux jeunes collégiens, car ils les écrites.

Enfin il y une atmosphère mystérieuse tout au long du livre, au début, Guillaume est seul dans sa chambre il ne parvient pas à trouver le sommeil alors il veille dans le noir et épie sa voisine de l'immeuble d'en face. Il s'agit d'une vieille femme qui écrit jusque très tard le soir, Guillaume voit son ombre et lutte pour ne pas s'endormir avant qu'elle n'éteigne la lumière, c'est devenu une sorte de rituel.

Un soir il décide de le rompre et part dans la nuit pour suivre Ida. Cette sortie se transforme rapidement en expédition nocturne, ils courent à travers la ville pour fuir le gardien de la bibliothèque.

Cette bibliothèque devient le théâtre de leurs aventures fantastiques, ils découvrent les livres, ce qui est logique dans cet endroit mais ils plongent dans les récits et se retrouvent au cœur de l'action avec les personnages qui ne sont plus fictifs mais réels. Ceux-ci deviennent leurs amis. Ils côtoient

Poil de Carotte et Gavroche. La résurrection d'Ida par le travail d'écriture relève de l'imaginaire de l'auteur, mais dans le récit, Guillaume troublé par ce pouvoir de l'écriture trouble à son tour le lecteur.

Un travail de mémoire

L'auteur passe à travers ce récit plusieurs messages, le premier est que la mort ne peut retirer les souvenirs, quand la bibliothécaire meurt, Guillaume fait tout pour retrouver Ida, dans son esprit cette dernière n'est pas morte. Il refuse qu'elle disparaisse. C'est pour la faire revivre qu'il se lance dans cette incroyable aventure.

En plus de rendre son personnage de la bibliothécaire dynamique et vivant, on a parfois l'image d'une vieille femme qui ne vit qu'à travers ses livres. Elle nous fait redécouvrir des héros de la littérature classique, bien que leurs auteurs soient morts, elle participe à une sorte de devoir de mémoire. Elle veut que les personnages survivent à leurs auteurs disparus.

Dans la même collection en numérique

Les Misérables

Le messager d'Athènes

Candide

L'Etranger

Rhinocéros

Antigone

Le père Goriot

La Peste

Balzac et la petite tailleuse chinoise

Le Roi Arthur

L'Avare

Pierre et Jean

L'Homme qui a séduit le soleil

Alcools

L'Affaire Caïus

La gloire de mon père

L'Ordinatueur

Le médecin malgré lui

La rivière à l'envers - Tomek

Le Journal d'Anne Frank

Le monde perdu

Le royaume de Kensuké

Un Sac De Billes

Baby-sitter blues

Le fantôme de maître Guillemin

Trois contes

Kamo, l'agence Babel

Le Garçon en pyjama rayé

Les Contemplations

Escadrille 80

Inconnu à cette adresse

La controverse de Valladolid

Les Vilains petits canards

Une partie de campagne

Cahier d'un retour au pays natal

Dora Bruder

L'Enfant et la rivière

Moderato Cantabile

Alice au pays des merveilles

Le faucon déniché

Une vie

Chronique des Indiens Guayaki

Je voudrais que quelqu'un m'attende quelque part

La nuit de Valognes

Œdipe

Disparition Programmée

Education européenne

L'auberge rouge

L'Illiade

Le voyage de Monsieur Perrichon

Lucrèce Borgia

Paul et Virginie

Ursule Mirouët

Discours sur les fondements de l'inégalité

L'adversaire

La petite Fadette

La prochaine fois

Le blé en herbe

Le Mystère de la Chambre Jaune

Les Hauts des Hurlevent

Les perses

Mondo et autres histoires

Vingt mille lieues sous les mers

99 francs

Arria Marcella

Chante Luna

Emile, ou de l'éducation
Histoires extraordinaires
L'homme invisible
La bibliothécaire
La cicatrice
La croix des pauvres
La fille du capitaine
Le Crime de l'Orient-Express
Le Faucon malté
Le hussard sur le toit
Le Livre dont vous êtes la victime
Les cinq écus de Bretagne
No pasarán, le jeu
Quand j'avais cinq ans je m'ai tué
Si tu veux être mon amie
Tristan et Iseult
Une bouteille dans la mer de Gaza
Cent ans de solitude
Contes à l'envers
Contes et nouvelles en vers
Dalva
Jean de Florette
L'homme qui voulait être heureux
L'île mystérieuse
La Dame aux camélias
La petite sirène
La planète des singes
La Religieuse

À propos de la collection

La série FichesdeLecture.com offre des contenus éducatifs aux étudiants et aux professeurs tels que : des résumés, des analyses littéraires, des questionnaires et des commentaires sur la littérature moderne et classique. Nos documents sont prévus comme des compléments à la lecture des oeuvres originales et aide les étudiants à comprendre la littérature.

Fondé en 2001, notre site FichesdeLectures.com s'est développé très rapidement et propose désormais plus de 2500 documents directement téléchargeables en ligne, devenant ainsi le premier site d'analyses littéraires en ligne de langue française.

FichesdeLecture est partenaire du Ministère de l'Education du Luxembourg depuis 2009.

Plus d'informations sur www.fichesdelecture.com

ISBN: 978-2-511-03000-4

Notes :